L'ORDRE

DU MÊME AUTEUR

Une *Mauvaise Économie*, BROCHURE IMPÉRIALE trouvée aux Tuileries......   50 c.

En préparation :

L'ORDRE

PAR

AMÉDÉE LE FAURE

> « Que celui qui repousse des remèdes
> nouveaux parce qu'ils sont nouveaux,
> s'apprête à des calamités nouvelles. »
> BACON.

PARIS

LIBRAIRIE GÉNÉRALE

Dépôt central des Éditeurs

BOULEVARD HAUSSMANN, 72, ET RUE DU HAVRE

VERSAILLES :	**BRUXELLES :**
Chez A. Bernard,	Office de Publicité,
9, rue de Satory.	46, rue de la Madeleine.

1871

L'ORDRE

I

La criminelle révolte qui a épouvanté la France et l'Europe entière est vaincue depuis quelques jours seulement, et le premier moment de joie passé, chacun jette sur l'avenir un coup d'œil inquiet. Ces craintes sont d'autant plus vives qu'elles sont instinctives.

Pendant les vingt années de l'empire, la bourgeoisie n'a eu qu'une préoccupation : gagner de l'argent ; elle s'est désintéressée des travaux sérieux, et tout entière à ses plaisirs ou à ses affaires, elle n'a pas suivi les progrès formidables accomplis par les sociétés secrètes.

Volontiers elle souriait lorsqu'on lui parlait de complots, et elle n'était pas éloignée de traiter de rêveries ou d'inventions de la police tous les actes de l'Internationale.

Assi n'était pour elle qu'un compère de M. Rouher sorti de l'ombre pour jouer quelques bons tours à M. Schneider ; quant à Flourens et aux autres émeutiers, ils n'avaient pu prendre le théâtre de Belville, et leur bravoure avait disparu devant les casse-têtes des sergents de ville.

Il n'y avait donc nul souci à avoir de l'avenir. Paris renfermait des mécontents, mais un gouvernement fort suffisait à les maintenir.

Cet aveuglement a disparu aujourd'hui. Ces mécontents viennent d'incendier une partie de Paris ; ils ont volé, tué, brûlé, assassiné, et au lendemain de leur défaite ils ne craignent pas de relever la tête et de parler de revanche. Sur les murs de Paris, gardés par cent mille soldats, des placards séditieux sont apposés durant la nuit. A Londres, à Bruxelles, en Suisse, dans toute l'Europe, des meetings nombreux se réunissent et donnent hautement leur adhésion au sinistre programme de la Commune.

Alors, on prête un moment d'attention à cette mystérieuse institution : l'INTERNATIONALE, et l'on constate avec effroi que les adhérents se comptent par millions. M. Georges Guéroult a nettement signalé le danger dans l'*Opinion Nationale*, danger terrible que bien peu connaissaient, et qui produit dans les rangs de la bourgeoisie une véritable stupeur.

Oui le danger existe, non pas immédiat peut-être, mais certain ; danger d'autant plus terrible qu'il ne peut être évité que par l'action commune des citoyens, par l'association unanime de tous ceux qui veulent l'ordre.

Que les plus aveugles réfléchissent : ils verront de suite après la révolution de 1789 le parti du désordre prendre le pouvoir et noyer la France dans le sang. Épuisé par les guerres de l'empire, le peuple, ou du moins cette fraction qui ne rêve que le partage, se croit, en 1830, en mesure de reprendre le cours de ses sinistres exploits. Vaincue par la majorité, cette minorité turbulente ensanglante les rues de Paris pendant les premières années du règne de Louis Philippe. Enfin, elle fait les barricades de juin.

Toutes ces révoltes qui se sont produites en France n'étaient que de premiers essais : aujourd'hui la révolution est organisée ; elle a ses agents, ses journaux. Elle recrute ses adhérents par millions, et l'on vient de voir par ses premiers exploits qu'elle est prête à tout, et que vol, assassinat, incendie, rien ne l'arrête.

Comment s'opposer aux progrès de cette association ; quelle barrière, quelle digue sera assez puissante pour barrer le chemin à ce torrent dévastateur ?

Un gouvernement fort.

Voilà la réponse unanime, réponse funeste qui nous a perdus dix fois déjà et qui peut-être nous perdra encore.

Quelque fort que soit un gouvernement, quelque étendue que soit sa puissance, il a un ennemi dont il ne peut triompher : le temps. Avec les années son pouvoir s'amoindrit, et un jour arrive où il se trouve désarmé devant un ennemi qui a grandi dans l'ombre, qui a poursuivi sans relâche son œuvre souterraine.

Napoléon III représentait bien l'idéal d'un gouvernement fort, et cependant c'est sous son règne que l'Internationale s'est fondée, a grandi. L'ordre régnait à la surface, mais il ne fallait pas être bien clairvoyant pour reconnaître que le jour était proche où l'insurrection éclaterait dans les rues de Paris.

Cette guerre insensée qui a ruiné le pays n'aurait-elle pas été entreprise pour conjurer le danger que la bourgeoisie ne soupçonnait pas ?

République ou monarchie, tout gouvernement que la France adoptera sera fatalement vaincu par cette association qui ne reconnaît ni famille, ni drapeau, ni patrie, si nous persistons à suivre ces maximes d'égoïsme funeste qui nous livrent divisés, individualisés aux coups d'un ennemi aussi vigilant.

Ce n'est pas le gouvernement qui doit nous défendre, il est impuissant à cette tâche. Nous seuls par notre entente, notre cohésion, nous pouvons soutenir la lutte.

Ce ne sont plus les casse-têtes des sergents de ville, les baïonnettes des soldats qu'il faut opposer à la révolution : ce sont nos courages, nos intelligences.

Mais ne sont ce pas là simplement des mots? S'unir, comment ? Quoi faire ? Quelles mesures prendre ?

II

L'ordre !

Que de fois ce mot est prononcé sans qu'on se rende compte de sa signification véritable.

L'ordre est troublé quand on tire des coups de fusil dans la rue; il existe quand tranquillement chacun peut vaquer à ses affaires.

Que de variations on a exécutées sur ce mot depuis le fameux : l'ordre règne à Varsovie jusqu'aux déclarations pompeuses de M. Rouher.

Chose étrange! Ce n'est qu'en France que l'ordre est ainsi périodiquement troublé. En Amérique, où le nombre des travailleurs est plus considérable, en Angleterre, où les ouvriers paraissent tout d'abord plus redoutables, la tranquillité n'est pas compromise.

La raison en est simple.

C'est qu'en Angleterre, en Amérique surtout, le plus grand nombre, la presque totalité des citoyens a intérêt à ce que l'ordre ne soit pas troublé.

Allez donc prêcher à nos paysans la guerre civile, essayez de les convaincre de renverser le gouvernement à coups de fusil ; ils vous répondront qu'ils possèdent une terre grande ou petite, et qu'ils se soucient peu des révolutions, qui mieux encore que la sècheresse empêchent le blé de pousser.

Et cependant ces paysans que les fédérés appelaient dédaigneusement les ruraux, ils ont, eux aussi, été des communistes et des partageux. Pendant tout le moyen âge ils ont ensanglanté la France ; ils ont pillé, volé, incendié. Aujourd'hui, ils ont oublié ces lugubres exploits.

C'est qu'autrefois ils n'étaient que des serfs, aujourd'hui ils *possèdent.*

En Amérique, tout travailleur est assuré de sortir des rangs de la classe ouvrière et de s'élever par son travail. Le simple maçon, le dernier des portefaix, suppute le soir les millions qu'il aura gagnés dans dix ans, et il n'a risque d'aller compromettre son avenir et sa fortune dans une insurrection stérile.

Certes, ces rêves dorés ne se réalisent pas toujours, le pot au lait de Perette est naturalisé américain ; mais, à défaut de la certitude, chacun a l'espérance, et cela suffit.

Le dernier des manœuvres peut compter sur l'instruction. Au premier pas qu'il fait, il rencontre toutes les mains tendues ; le crédit ne le fuit pas parce qu'il est pauvre. Travailleur, il peut, par son intelligence, prétendre à tout. Ce n'est pas la charité qui le soutiendra en l'avilissant.

« Je pense, disait Franklin, que le meilleur moyen de faire du bien aux pauvres, n'est pas de les mettre à l'aise dans leur pauvreté, mais de les tirer hors de cet état. »

« Aucun plan pour secourir la pauvreté, dit Ricardo, ne mérite attention, s'il ne tend à mettre les pauvres en état de se passer de secours. »

Les Américains, gens essentiellement pratiques, ont mieux que nous compris ces vérités primordiales. Au lieu de gaspiller chaque année quelques centaines de millions distribués aux nécessiteux, ils ont ouvert des écoles, institué le crédit sur les bases les plus larges.

Chez eux, point n'est besoin d'inscrire sur les murs de chaque commune : *La mendicité est interdite.*

Entraîné, pris dans ce vertige de travail comme dans un engrenage, l'ouvrier, soutenu à chacun de ses pas par la société prévoyante, n'aspire qu'à monter.

En Angleterre, les mesures sont moins radicales, aussi la sécurité est-elle moins absolue.

Le travailleur rencontre bien des barrières, bien des entraves; mais le gouvernement anglais a soin, chaque fois que la corde est trop tendue, de prendre quelque mesure qui satisfait momentanément les plus exigeants.

Tandis que l'Amérique use de sagesse, la France de force, l'Angleterre se sert d'adresse. Aussi, depuis plus d'un siècle, assistons-nous à ce spectacle curieux d'un peuple toujours à la veille de se révolter, et toujours satisfait au moment où il va prendre les armes.

On dirait un bouledogue qui montre ses dents, mais oublie sa colère pour ronger en grondant l'os qui lui a été jeté.

Pour ne parler que de l'Écosse et ne citer qu'un exemple, les banques établies depuis 1729, au moyen du *cash-crédit*, sont au nombre de 613. L'ouvrier, qui pour s'établir a besoin d'avances, se présente assisté de deux de ses amis qui attestent son honorabilité. La Banque ouvre alors un crédit. En 1857, la circulation moyenne était de 4,126,178 livres st., soit 103,154,450 francs. Le nombre des associés était de 14,633.

En 1850, M. Schultze créait à Eulenbourg un comptoir d'avances. Le capital primitif était de 860 francs. En 1864, on comptait en Allemagne 311 banques du peuple, comprenant 48,760 membres. En

1864, le nombre des banques atteignait 662, les membres étaient 200,000. Le capital primitif de 860 francs se montait à 45 millions, et le chiffre des affaires atteignait CENT SOIXANTE-QUINZE MILLIONS.

Ainsi, avec une somme de 860 francs, de l'intelligence et de l'activité, un citoyen était arrivé, en 14 ans, à sortir de la misère 200 mille personnes, 200 mille soldats arrachés à l'émeute, à l'*Internationale*.

Bon pour l'Amérique, l'Angleterre, voire même l'Allemagne, dira-t-on; mais, en France, tout cela est impossible. Celui qui prêtera cent sous à un ouvrier ne les reverra jamais, et le déficit sera chaque année égal au chiffre des affaires.

La réponse est simple.

En 1857, se fonda, à Paris, la *Société mère du crédit mutuel*, qui, en 4 ans, fit à ses membres 150,000 francs d'avance. La Société a déclaré n'avoir, depuis 1857, perdu que 5 francs.

A Hautefort (Dordogne), M. de Damas a institué une société du prêt d'honneur. L'œuvre, commencée avec 2 ou 300 francs, possédait 5 ans après un capital de plus de 4,000 francs. En 1849, les débiteurs de l'œuvre étaient au nombre de 45. A la fête de la Noël, jour fixé pour les remboursements, 40 personnes s'étaient acquittées en totalité, ou donnaient régulièrement des à-compte; 3 payèrent ensuite; deux prêts seulement restèrent en souffrance.

Dans ces quelques chiffres, n'y a-t-il pas pour les plus incrédules une preuve suffisante?

Malheureusement, en France, au lieu de recourir à la raison, on s'adresse à la force.

Tandis qu'en Amérique, en Angleterre, *on*, c'est-à-dire non pas le gouvernement mais la société tout entière, s'efforce de reconnaître quels moyens pratiques on peut employer pour faire cesser les plaintes, nous nous adressons à l'autorité qui sévit et constate : « que la tranquillité est rétablie; que l'ordre règne. »

Et non, mille fois non, l'ordre ne règne pas.

III

Il faut le dire, d'ailleurs, il y a en France une autre cause permanente de révolte.

Le sujet est des plus délicats, sans doute, mais il est assez important pour qu'on l'aborde nettement.

Tout soulèvement amenant une répression, un pouvoir quelquefois exagéré ou despotique, il se forme immédiatement une opposition.

Combien, depuis un demi-siècle, en avons-nous vu, de ces hommes pleins de cœur et de convictions, sans doute, mais d'une habileté contestable !

— Tu souffres, n'ont-ils cessé de dire au peuple, tu te plains. Viens à nous, nous avons une panacée universelle, infaillible : la liberté !

Ennemis, à juste titre, de l'oppression et de la tyrannie, ils ont excité le travailleur à briser ses liens, et le jour où, maîtres à leur tour du pouvoir, ils ont vu leurs clients de la veille réclamer les réformes promises, ils n'ont su que répondre.

Quelle solution ont-ils trouvée, essayée ?

C'est que la liberté ne suffit pas ; il est bien de l'invoquer à tout propos, mieux encore de servir sa cause, mais il faut comprendre encore qu'elle est un moyen, non un but.

La liberté n'empêche pas l'ouvrier d'avoir faim ; elle ne lui fournit pas la possibilité de satisfaire ses besoins.

Tous ces théoriciens si habiles dans une chambre, si redoutables comme opposants, qu'ont-ils donc fait comme gouvernants ?

Rien.

C'est qu'au lieu d'étudier sérieusement les bases possibles d'une organisation, ils se sont bornés au rôle plus facile de critiques.

Le résultat est connu : on l'a vu en juin 1848, en mars 1871.

Le peuple — et ici je ne parle pas seulement de cette fraction qui ne rêve que pillage et a la bosse de l'insurrection — le peuple avait cru en vous; il vous avait suivi ne vous marchandant pas les applaudissements et les suffrages. Vous vous montrez médecin malhabile, votre client vous abandonne et se jette dans les bras des empiriques.

Ceux-là sont habiles. Ils savent bien qu'ils ne peuvent pas guérir; mais, moins leur conviction est forte, plus leurs assurances sont formelles.

Tandis que vous disiez au peuple qu'il avait droit à une part que vous êtes impuissant à lui donner, les charlatans de la science sociale le poussent à prendre tout.

Maîtres du pouvoir, vous vous renfermez dans un libéralisme doctrinaire et nuageux, eux prêchent carrément le communisme.

Le communisme !

Cela du moins se comprend. C'est absurde, insensé, ridicule, d'accord; mais le peuple n'y regarde pas de si près. Il ne peut comprendre que le partage aboutit à la ruine générale, il ne voit que la félicité commune.

Il est coupable, soit; mais le plus coupable est-ce bien lui ou vous, théoriciens creux, qui, au lieu d'aborder nettement et de résoudre les problèmes sociaux qui s'imposent depuis cinquante ans : instruction professionnelle, crédit, etc., vous renfermez dans des généralités dont le peuple se soucie

Autant qu'un poisson d'une pomme.

Il faut bien le comprendre. A l'heure qu'il est, il n'y a que deux solutions possibles. Ou bien nous, les hommes d'ordre, nous romprons avec la routine, nous nous mettrons courageusement à l'œuvre, étudiant les questions sociales, trouvant des solutions, nous agirons, en un mot, là où jusqu'ici on n'a fait que parler plus ou moins éloquemment, ou bien dans dix, cinq ou deux ans, il faudra recommencer la guerre civile et voir encore tirer le canon dans les rues.

Il n'y a pas de raisonnement qui puisse faire disparaître ce fait.

La Révolution que nous venons de traverser a tué quinze mille insurgés environ, elle en a envoyé ou plutôt envoie trente mille prisonniers à la Nouvelle-Calédonie. Morts ou captifs, ces coupables

laissent ici — si je m'en rapporte à la moyenne des statistiques —
trente à quarante mille enfants.

Vagabondant dans le ruisseau, sans pain, sans asile, ces malheu-
reux arriveront à l'âge d'hommes. Quelques-uns, beaucoup peut-
être seront morts ou expieront déjà des crimes commis ; mais la
majorité se trouvera à la merci de tous ceux qui voudront l'en-
traîner.

Le jour de l'entrée de l'armée dans Paris, un insurgé réfugié au
coin de la rue Caumartin, derrière le kiosque d'un marchand de
journaux, tirait sans relâche. Il avait déjà atteint plusieurs soldats,
lorsqu'une balle de chassepot l'étendit à terre. Au moment où il
tombait, un gamin de douze ans se jeta sur lui, l'embrassa, puis
d'un bond, disparut dans la fumée.

Ce que deviendra cet enfant, je vais vous le dire. Affilié à l'Internationale, il prendra le fusil à la première occasion, et il faudra tuer
le fils comme on a tué le père.

A moins qu'au lieu d'abandonner cet orphelin encore innocent à
la paresse, à la faim et à la débauche, qui sont les courtiers de l'Internationale, vous ne le recueilliez, et qu'au lieu de le laisser de-
venir un bandit, vous n'en fassiez un homme.

IV

Mais le moyen ?

Allons nous retomber dans les errements du passé, invoquer l'in-
tervention de l'État, et oublieux des cinq milliards que nous avons
à payer à la Prusse, nous adresser à cette caisse épuisée ?

Non. L'État est impuissant : ce sont les particuliers, les bourgeois,
les citoyens qui seuls ont le pouvoir réel.

Que diriez vous si, au lendemain de cette terrible révolution, une
Compagnie venait vous dire :

— L'insurrection éclate en France tous les quinze ans environ.
A ce moment votre existence, celle de vos enfants, votre fortune
sont menacées. Payez moi une prime d'assurance modique — dix

ou vingt francs une fois versés — et je vous garantis contre tout
danger.

Vous penseriez que la Société court fort le risque de faire de mauvaises affaires ; mais si elle vous offrait des conditions de stabilité et
des garanties suffisantes, vous n'hésiteriez pas à accepter les avantages proposés.

Il y a, à Paris, un million de personnes qui ont intérêt à ce que
l'ordre ne soit pas troublé ; cela constituerait donc un capital de dix
millions.

Dix millions !

Additionnez tous les sous que vous donnez aux pauvres, les vêtements, les aumônes de toute nature, et vous verrez que ce chiffre est
de beaucoup dépassé.

Avec la moitié du capital, soit 5 millions, vous pouvez fonder
plusieurs maisons de banque, de prêts d'honneur, institués sur le
modèle de la banque d'Écosse, et des institutions de Schultze-Delitch.

Si la place ne me manquait pas ici, il me serait facile de prouver
que la France est le seul pays où ces maisons de crédit n'existent
pas.

Je ne prétends pas, certes, que ces maisons de banque n'auront
pas dès le début quelques pertes à regretter ; mais qu'importe ! Supposons que nous valions moitié moins que l'Allemand, ce qui est
peu flatteur pour notre amour-propre national, ne parviendrons-nous pas à faire avec un capital de 5 millions, profitant des leçons
de l'expérience, ce qu'un seul citoyen a pu accomplir en 14 ans,
avec un capital de moins de 1,000 francs.

Il a enlevé 200 mille adhérents à l'*Internationale*, et en a fait des
soldats de l'ordre ; l'exemple n'est-il pas tentant ?

Mais cela seul ne suffit pas : il est possible, facile même, de faire
plus encore.

On peut arracher au ruisseau, à l'émeute, à la prison, tous ces enfants ; il suffit de le vouloir.

Tous les économistes ont prouvé que l'homme était un capital.
Proudhon, allant plus loin, est parvenu à déterminer ce capital :
20,000 francs. Si chaque homme représente une valeur *moyenne*,

indiscutable, est-il téméraire de soutenir que cette proposition est vraie aussi pour l'enfant?

Sans doute, si vous opérez sur le petit nombre, vous êtes sujet à l'erreur; mais si vous raisonnez sur la totalité ou du moins sur la masse, si vous vous assurez contre la mortalité, vous êtes certain de ne pas vous égarer.

Pourquoi, dès lors, ne préleriez-vous pas à l'enfant une instruction professionnelle, conforme à ses goûts et à ses aptitudes? Parvenu à l'âge de raison, il vous remboursera par annuités les avances que vous lui aurez faites.

Ceux qui ont l'habitude des tontines, résoudront toutes les objections qui peuvent venir aux esprits moins exercés.

Dans toutes les administrations, aujourd'hui, les employés subissent une retenue qui leur constituera plus tard une retraite.

La mesure que nous proposons est aussi simple que celle qui est adoptée.

Il existe des compagnies d'assurance contre l'incendie, pourquoi n'y en aurait-il pas contre l'ignorance?

N'est-il donc pas plus terrible que le feu, ce fléau qui cause à la société des terreurs perpétuelles, et ruine périodiquement la France tous les 20 ans.

Avec 5 millions, on peut fonder 10 écoles professionnelles : une fois l'expérience faite, il s'en créera cent autres, et le problème sera résolu[1].

Mais direz vous, c'est du socialisme? Peut-être bien. Seulement tandis que l'Internationale fait du socialisme mauvais, vous ferez du socialisme pratique en prouvant que l'on n'améliore pas la condition du travailleur en brûlant, pillant, assassinant, mais bien en travaillant. Et comme vous ne vous en tiendrez pas à ces théories fantaisistes écloses depuis cinquante ans, comme vous ferez de la pratique, vous serez écouté.

Sans doute, il restera toujours des mécontents, des chefs, des

---

1. Dans un travail qui paraîtra prochainement sous ce titre : *Assurances contre l'Ignorance*, nous traiterons, au point de vue pratique, des questions de banques du peuple et d'éducation professionnelle.

professeurs de barricades ; mais il n'y aura plus de dupes, et par conséquent plus de soldats pour l'émeute.

V

Je me résume.

Le temps presse assez pour qu'il ne soit plus besoin de faire de longues dissertations. La société doit-elle ou ne doit-elle pas l'éducation à tous ses membres? En conscience, je n'en sais rien. Ce dont je suis sûr, c'est que c'est utile que chacun reçoive une éducation professionnelle qui nous mette à l'abri des révolutions.

Pour cela il nous suffit de payer une prime d'assurance modique.

Qui veut se charger de cette besogne. Quel est le citoyen assez connu, assez *influent*, quel est le Schultz-Delitch qui consent à entreprendre cette besogne.

Celui-là nous aura délivré des émeutes, des Communes et des comités de salut public.

Si nul se présente, si nous restons encore renfermés dans notre égoïsme comme le colimaçon dans sa coquille, faisons vite notre fortune et plaçons la loin d'ici en valeurs bien sûres; car, sans être grand prophète, on peut prédire avant vingt ans une nouvelle révolution plus terrible, plus implacable peut-être que la précédente.

Un mot encore, il est de Bacon :

« Que celui qui repousse des remèdes nouveaux, parce qu'ils sont nouveaux, s'apprête à des calamités nouvelles. »

Paris. — Imp. Viéville et Capiomont, rue des Poitevins, 6.

www.ingramcontent.com/pod-product-compliance
Lightning Source LLC
LaVergne TN
LVHW050235060726

842525LV00007B/2658